GIFTED

1

Scénario ▸ SEIMARU AMAGI Dessin ▸ RIMA AMAMIYA

SOMMAIRE

TU CROIS QUE C'EST UN SUICIDE ?
...
JE NE VOIS PAS D'AUTRE EXPLICATION. QUELLE HORREUR...

#01 MEURTRE AU CLUB DE NATATION - PREMIÈRE PARTIE

GIFTED

TRIT
ピッ
HAAA
MERCI DE RECULER ! ALLEZ !
JE ME PERMETS, MESDEMOISELLES !
HÉ ! QU'EST-CE QUE JE VIENS DE DIRE ?!
PERSONNE N'EST AUTORISÉ À...

JE TRAVAILLE À LA PREMIÈRE DIVISION D'ENQUÊTE DE LA POLICE DE TOKYO.
NATSUKI AMAKUSA, AU RAPPORT !
OFFICIER NATSUKI AMAKUSA
T... TOUTES MES EXCUSES !
FWIP
NE VOUS EN FAITES PAS, JE NE SUIS PAS DE SERVICE, JE PASSAIS JUSTE DANS LE COIN.
PST
IL EST POLICIER ?
TROP CRAQUANT !
PST
IL FAIT JEUNE, NAN ?

JE SUPPOSE QU'ELLE EST MORTE EN SE BRISANT LES CERVICALES...
APRÈS AVOIR CHUTÉ LA TÊTE LA PREMIÈRE.
...
AH...
LE TOIT DE CET IMMEUBLE DE DEUX ÉTAGES...
POSSÈDE UNE BARRIÈRE RELATIVEMENT BASSE, ELLE A DÛ TOMBER DE LÀ-HAUT.
警視庁

EXCUSEZ-MOI !
L'UN D'ENTRE VOUS A-T-IL VU CETTE JEUNE FEMME CHUTER ?
BLAH
BLAH
FWIP
OUI, MOI...
VRAIMENT ? OÙ EST-CE QUE VOUS ÉTIEZ ?
SWIT
DERRIÈRE VOUS...
DANS CE CAFÉ.
2F
JE REGARDAIS DANS LE VIDE, ASSIS À CÔTÉ DE LA FENÊTRE, QUAND J'AI APERÇU CETTE FILLE AU SOMMET DE L'IMMEUBLE.
J'AVAIS PEUR POUR ELLE... C'EST LÀ QU'ELLE A SAUTÉ...

VOUS DITES QU'ELLE A SAUTÉ ?
C'EST FORCÉMENT UN SUICIDE.
VOUS VOULEZ QUE MA DIVISION S'EN OCCUPE ?
...
NON, C'EST UN MEURTRE.

FWISH

FWIT
ON PEUT SAVOIR QUI TU ES ?!
C'EST LUI QUI L'A TUÉE.
!
Q... QU'EST-CE QUE TU RACONTES, TOI ?!
J'AI RIEN À VOIR AVEC ÇA !

C'EST DE LA DIFFAMATION ! JE POURRAIS T'ATTAQUER EN JUSTICE !
UN INSTANT.
JE NE SUIS PAS NON PLUS CONVAINCU PAR L'HYPOTHÈSE DU SUICIDE.
POURQUOI ÇA ?
PFEUH
GRRR!
TOUT D'ABORD, CET IMMEUBLE ME PARAÎT BIEN BAS POUR SE SUICIDER.
SI ELLE AVAIT VRAIMENT VOULU METTRE FIN À SES JOURS, ELLE EN AURAIT CHOISI UN AUTRE DANS LE PÉRIMÈTRE.

C'EST SON TÉMOIGNAGE !
HEIN ? VOUS DÉRAILLEZ, VOUS AUSSI !
QUOI !?
PFFF
MAIS CE QUI M'A RÉELLEMENT MIS SUR LA PISTE…
VOUS AVEZ AFFIRMÉ AVOIR VU CETTE FEMME AU BORD DU VIDE.
N'EST-CE PAS ?
OUI !
EN GÉNÉRAL, LES PERSONNES PORTANT DES LUNETTES ONT UNE ACUITÉ VISUELLE ASSEZ FAIBLE…
ASSIS DANS UN CAFÉ SITUÉ À UNE QUARANTAINE DE MÈTRES…
VOUS AVEZ PU DISCERNER QU'UN INDIVIDU AUX CHEVEUX COURTS ET À LA TENUE PLUTÔT MASCULINE ÉTAIT UNE FEMME ? J'EN DOUTE…

ガチ TIC
ガチ TIC
ガチ TIC
...
AUTRE CHOSE...
VOUS AVEZ ÉGALEMENT DIT QUE LA VICTIME AVAIT SAUTÉ.
EUH...
OUI... ET ALORS ?
ピョン HOP
ÇA SOUS-ENTEND QU'ELLE N'A PAS PLONGÉ LA TÊTE LA PREMIÈRE.
ゲキ ZDAM
LOGIQUEMENT, ELLE AURAIT DÛ ATTERRIR SUR SES PIEDS...
CAR L'IMMEUBLE ÉTAIT TROP BAS POUR QUE SON CORPS PIVOTE.
HEIN ?!
J'AI DONC UNE AUTRE HYPTOHÈSE...
VOUS ÉTIEZ AUSSI LÀ-HAUT...
ET AVEZ ATTAQUÉ LA VICTIME.

VOUS VOUS ÊTES EMPARÉ D'ELLE...
ET L'AVEZ JETÉE PAR-DESSUS LA BARRIÈRE.
VOUS VOUS ÊTES ENSUITE FAIT PASSER POUR UN TÉ-MOIN...
AFIN QUE LA POLICE PRIVILÉGIE LA PISTE DU SUICIDE.
C'EST ÇA ?
...
JE...
C'EST...
NON...

VOUS NOUS EN DIREZ PLUS UNE FOIS AU POSTE.
NOUS MÈNERONS L'ENQUÊTE LÀ-BAS, EN COMMENÇANT PAR CHERCHER VOS LIENS AVEC LA VICTIME...
AFIN DE SAVOIR CE QUI VOUS A POUSSÉ À FAIRE ÇA.
...
HÉ !
HALTE !
ZWASH
DÉGAAAAGE !
TCHAK

ごろん
SWISH
BADAM
QU'EST-CE QUE...

TCHAK
カチャ
2F
STARBUCKS
...
MERCI POUR TON AIDE.
VOICI MA CARTE.
Officier
Natsuki Amakusa
Police de Tokyo
Première division d'enquête
TU PEUX AU MOINS ME DONNER TON NOM ?
...
YUYA SHIKI.
FWIT

JE NOTE… ALORS, COMMENT TU AS SU QUE CET HOMME ÉTAIT LE COUPABLE ?
SERAIT-CE GRÂCE À UN ESPRIT AUSSI VIF QUE LE MIEN ?
PAS VRAIMENT…
MAIS ENCORE ?
J'AI PERÇU…
QUE CE TYPE…
L'AVAIT TUÉE.

C'EST TOUT.
?
CLIC

うーん
HMMM
AMAKUSA !
SELON NOS INFORMATIONS, LA VICTIME ÉTAIT UNE IDOLE...
DONT LE COUPABLE ÉTAIT FAN AU POINT DE LA SUIVRE PARTOUT.
Première division d'enquête de la police de Tokyo
Commissaire
MITO RYUZAKI

BIEN JOUÉ !
ENCORE UNE AFFAIRE RONDEMENT MENÉE !
MERCI...
UN SOUCI ? TU AS L'AIR AILLEURS.
UN GARÇON PRÉSENT SUR LA SCÈNE A COMPRIS AVANT MOI...
QUE C'ÉTAIT UN MEURTRE, IL A MÊME IDENTIFIÉ LE COUPABLE.
AH OUI ? IL AVAIT QUEL ÂGE ?
JE DIRAIS 17 ANS, IL DEVAIT ÊTRE EN PREMIÈRE OU TERMINALE...
OOOH, IL EST DOUÉ !
IL T'A BATTU, TOI, L'ÉTOILE MONTANTE DE LA POLICE À SEULEMENT 20 ANS !
J'AIMERAIS QU'IL REJOIGNE NOS RANGS !
IL EST FAIT POUR ÇA, NON ?!
きゃっ KYAH
KYAH きゃっ
HEIN ?
SURTOUT PAS.
À MON AVIS, IL N'A PAS RÉSOLU CETTE AFFAIRE D'UNE MANIÈRE NORMALE.

JE VOUS RAPPELLE QUE J'AI FINI MAJOR DE PROMO AU MIT À L'ÂGE DE 17 ANS !
DURANT MES ÉTUDES, J'AI FON-DÉ UNE START-UP QUE J'AI REVENDUE POUR 3 MILLIARDS DE YENS !
IL N'A PAS PU ME DEVANCER À LA LOYALE !
パアアアア
PADAAAAH
CE N'EST QU'UN BANAL LYCÉEN JAPONAIS, ENFIN !
JE REFUSE DE CROIRE QU'IL EST AUSSI DOUÉ QUE ÇA !
BANAL
ギチ
GRRR
ギチ
GRRR
ギチ
GRRR

TU ES TOUJOURS AUSSI VANITEUX, HEIN...
はHÉ はHÉ
ALLONS, VOUS ME FLATTEZ !
J'EN ROUGIRAIS PRESQUE...
C'EST PAS UN COMPLIMENT !
LOIN DE LÀ !
« J'AI PERÇU QUE CE TYPE L'AVAIT TUÉE, C'EST TOUT. »
Telles furent les dernières paroles de cet étrange lycéen.

J'ignorais que ma rencontre avec Yuya Shiki…
allait bouleverser ma carrière de policier.
STAP STAP
ててて

J'étais encore loin…
d'avoir tout vu.
ぴえ
OUIN
Quelques jours plus tard, le destin a voulu…
あ゛あ゛〜
AAAH

que je recroise sa route.
LYCÉE MINATO
うわああああ
AAAAAH!
IL Y A... UN CORPS DANS L'EAU...
SPLASH
?
TU DÉLIRES OU QUOI ?
C'EST IMPO...
BLOUP
ぶく

ガボッ
GOARF
キャあああ
KYAAAH
SAYAKA !

PROFES-
SEUR !
VITE, UNE AMBULANCE !

ピーポー
PIN PON
ピーポー
PIN PON
IL S'EST PASSÉ UN TRUC, AU BAHUT ?
OUAIS, IL PARAÎT QU'IL Y A EU UN ACCIDENT À LA PISCINE.
?
IKOMA...

SAYAKA S'EST NOYÉE ?
NE RESTEZ PAS LÀ !
ELLE DEVAIT S'ENTRAÎNER POUR LA COMPÉTITION DE LA SEMAINE PROCHAINE.
SI J'AI BIEN COMPRIS...
LA JEUNE SAYAKA IKOMA...
J'EN PRENDS NOTE.
AVAIT POUR HABITUDE DE VENIR NAGER SEULE LE MATIN POUR SE PRÉPARER AUX COMPÉTITIONS.
EXACT, ELLE HABITE DANS LE QUARTIER.
C'ÉTAIT LA MEILLEURE NAGEUSE DU CLUB, ELLE VOULAIT VRAIMENT SE QUALIFIER POUR LE CHAMPIONNAT NATIONAL.
JE VOIS.
D'OÙ SES ENTRAÎNEMENTS MATINAUX...
Responsable du club de natation YUDAI AKITA

Principal
MANABU SUEHIRO
LIEUTENANT MIZUSHIMA, NOUS AVONS PU CONTACTER SA FAMILLE.
LEUR FILLE SEMBLAIT ALLER BIEN, HIER.
CE MATIN, ELLE N'ÉTAIT PAS DANS SA CHAMBRE… ILS DISENT QUE C'ÉTAIT DÉJÀ ARRIVÉ PLUSIEURS FOIS PAR LE PASSÉ.
TOUT EST DE MA FAUTE…
MÊME LES MEMBRES DU CLUB DE NATATION NE SONT PAS À L'ABRI D'UN ACCIDENT DANS LA PISCINE…
IL SUFFIT D'UNE CRAMPE À LA JAMBE POUR SE NOYER, J'AURAIS DÛ LE RÉPÉTER PLUS SOUVENT…
NON, VOUS N'Y ÊTES POUR RIEN !

ELLE A RAISON ! SAKAYA EST VENUE D'ELLE-MÊME TÔT CE MATIN…
POUR AMÉLIORER SES PERFORMANCES ! VOUS NE POUVIEZ RIEN FAIRE !
DU CALME…
LES ÉLÈVES VOUS ADORENT, DITES-MOI.
SI ON VEUT…
BREF, JE PENSE AUSSI QUE C'EST UN ACCIDENT BÊTE.
SANS DOUTE UNE CRAMPE QUI…
VOUS VOUS TROMPEZ !

ざわ
OOOH
HEIN ?
ざわ
OOOH
QUOI ?
PARDON ? TU FAIS PARTIE DU CLUB ?
CE N'EST PAS UN ACCIDENT !

TU AS UNE AUTRE HYPOTHÈSE À NOUS OFFRIR, ALORS ?
ELLE SE SERAIT SUICIDÉE ?
JE...
FWIT
BIZARRE, CE GARÇON...
OUI...
...

ガヤ BLAH
UN MEMBRE DU CLUB DE NATATION QUI SE NOIE, ÇA SURPREND.
ガヤ BLAH
JE COMPRENDS POURQUOI ELLE VENAIT AUSSI TÔT À LA PISCINE.
LES AUTRES DISENT QU'ELLE FAISAIT SOUVENT ÇA.
ELLE A TOUJOURS ÉTÉ UN PEU CHELOU...
...

カコー
STAC
YUYA...
TU ES UN DESCENDANT DU FONDATEUR DE L'ÉCOLE DES SHIKIGAMI, "LES QUATRE DÉMONS".
COMME TES ANCÊTRES, TU VAS DEVOIR ACCOMPLIR UNE MISSION FUNESTE.
JE TE PLAINS...
POURQUOI ?

NE DÉVOILE JAMAIS ÇA À PERSONNE, COMPRIS ?
JE REFUSE QUE LES ÉVÉNEMENTS D'AUJOURD'HUI SE REPRODUISENT...
GNUP
TU ME FAIS MAL, MAMAN...

SHIKI !
!
IKOMA !

TIENS, JE TE PRÊTE MON CAHIER.
TU FERAIS MIEUX DE RÉVISER, LES EXAMENS APPROCHENT.
DÉJÀ QUE TU VIENS RAREMENT EN COURS...

AU FAIT...
POURQUOI TU N'AS RIEN DIT À LA POLICE ?
!
TU SAIS POURTANT TOUT, NON ?
TU AS VU...
QUI ÉTAIT...

MON ASSASSIN !

SAYAKA IKOMA
IKOMA...

DIS DONC, SHIKI !
L'HEURE DE VIE DE CLASSE VA COMMENCER !
OÙ TU VAS ?!
プルルルル
DRIIIING
プルルルル…
DRIIIING
Officier Natsuki Amakusa
Police de Tokyo
Première division d'enquête
POLICE DE TOKYO

GWOOOH
ゴォォ
ガチャ CLAC
ガチャ CLAC
FINI !
25 : 5
TAP
タァーン
ZOOM
どんっ
J'AI RÉUSSI, COMMISSAIRE !
PARDON ?
DOM どん
DOM どん

TA
J'AI RÉSOLU CE RUBIK'S CUBE GÉANT !
6:52:32
IL M'AURA FALLU 6 HEURES 52 MINUTES ET 32 SE-CONDES !
DAM
EUH, D'ACCORD...
TAC
TAC
VRRR
A... ATTENDEZ... J'AI BATTU LE RECORD DU MONDE, QUAND MÊME !
J'AI COMPRIS, BRAVO.
TON TÉLÉPHONE VIBRE, TU NE DÉCROCHES PAS ?
VRRR
VRRR
080 - XXX-000
TIENS ?
QUI C'EST ?
VRRR
OUI, ALLÔ ? À QUI AI-JE L'HONNEUR ?
VRRR

YUYA SHIKI.
VOUS VOUS SOUVENEZ DE MOI ?
ÉVIDEMMENT ! SACHE QUE JE N'OUBLIE RIEN.
TU ES LE LYCÉEN DE L'AUTRE JOUR, C'EST ÇA ?
BON...
TON TRUC ME GÊNE.
QU'EST-CE QUE JE PEUX FAIRE POUR TOI ?
CLAC
CLAC
CLAC
J'AIMERAIS VOUS PARLER EN FACE À FACE.
COMMENT ?

UNE DE MES CAMARADES A ÉTÉ TUÉE.
!
POLICE

VOUS AVEZ FAIT VITE.
QUE LES CHOSES SOIENT CLAIRES...
JE NE SUIS PAS VENU PARCE QUE J'AI CRU À TON HISTOIRE.
POURQUOI VOUS ÊTES ICI, ALORS ?
DISONS JUSTE QUE TU M'INTRIGUES.
ふうん
PFEUH
RAH !

LA POLICE POSSÈDE DÉJÀ TOUTES LES INFORMATIONS...
EN LIEN AVEC LA NOYADE DE CETTE ÉLÈVE DU LYCÉE MINATO.
QUAND BIEN MÊME IL S'AGIRAIT D'UN MEURTRE...
LE COUPABLE AUQUEL TU PENSES N'AURAIT PAS PU LE COMMETTRE.
POURQUOI ?
AH LÀ LÀ, QUEL AMATEUR...
IL A UN ALIBI, PARDI !
UN ALIBI...

LA POLICE A IMMÉDIATEMENT ANALYSÉ LE CADAVRE. PAS DE DOUTE, ELLE S'EST NOYÉE.
ON ESTIME QU'ELLE EST MORTE ENTRE 5 H ET 6 H DU MATIN.
SE RENDRE À LA PISCINE AUSSI TÔT A DE QUOI INTERLOQUER, MAIS...
IKOMA L'AVAIT DÉJÀ FAIT À PLUSIEURS REPRISES.
VOILÀ POURQUOI LE SERVICE EN CHARGE DE L'AFFAIRE A OPTÉ POUR LA PISTE DE L'ACCIDENT.
...
CE N'EN EST PAS UN...

ON L'A TUÉE !
OUVRE GRAND TES OREILLES !
JE NE LE RÉPÉTERAI PAS.
LE FAMEUX MEURTRIER DONT TU M'AS PARLÉ POSSÈDE UN ALIBI.

IL S'EST RENDU CHEZ SA FIANCÉE VERS MINUIT…
ET Y EST RESTÉ JUSQU'À 7 H DU MATIN.
LES CAMÉRAS DE L'IMMEUBLE PROUVENT QU'IL N'A PAS PU FILER EN DOUCE.
QUEL RAPPORT ?
T'AS RIEN ÉCOUTÉ OU QUOI ?
QU'EST-CE QUI T'ÉCHAPPE ?
MOI, JE SAIS QU'IL EST COUPABLE !

JE VOUS RAPPELLE QUE JE PEUX LE PERCEVOIR.
AAAH
SI JE SUIS VENU, C'EST SURTOUT POUR TE DONNER UN CONSEIL.
GNIP
GNIP
GNIP
ÉVITE DE DIFFAMER LES GENS SUR UNE SIMPLE INTUITION...
SI TU NE VEUX PAS FINIR AU TRIBUNAL...

FWAP
!
J'ABANDONNE...
JE PENSAIS QUE L'AFFAIRE DE L'AUTRE JOUR VOUS AVAIT CONVAINCU...
VOUS ME DÉCEVEZ !
FWIT
C'EST POUR ÇA QUE JE VOUS AI APPELÉ.
HÉ, UNE MINUTE !
COMMENT TU ARRIVES À « PERCEVOIR » LES MEURTRIERS, HEIN ?
STAP
STAP

LA POLICE A BESOIN D'ÉLÉMENTS CONCRETS POUR AGIR…
VOUS L'AUREZ VOULU.
PRENONS L'AGENT DERRIÈRE VOUS, LÀ.
!
QUE…
VOUS AVEZ DÉJÀ TUÉ QUELQU'UN, PAS VRAI ?

HÉ ! FAIS ATTENTION À CE QUE TU DIS !
VOUS N'AVEZ QU'À LUI DEMANDER...
STAP
TSSS...
STAP
JE SUIS VRAIMENT DÉSOLÉ...
REN-TRONS !
EUH, OFFICIER AMAKUSA...
PFFF
QU'EST-CE QU'IL Y A ?

COMMENT CE GARÇON A DEVINÉ ?
IL Y A CINQ ANS, J'AI DÛ INTERVENIR POUR STOPPER UN BRAQUAGE.
LE SUSPECT A POINTÉ SON ARME SUR MOI, ET JE N'AI PAS EU D'AUTRE CHOIX QUE DE L'ABATTRE.
BAAANG
J'IGNORE COMMENT IL PEUT CONNAÎTRE MON PASSÉ...

STAP
SHIKI !
ATTENDS UN PEU !
FWUP

VOUS ME CROYEZ ENFIN ?
OUAIS…
DANS CE CAS, JE REPRENDS.

SAYAKA IKOMA A ÉTÉ TUÉE...
PAR YUDAI AKITA, LE PROF RESPONSABLE DU CLUB DE NATATION.

GIFTED

#02
MEURTRE AU CLUB DE NATATION - DEUXIÈME PARTIE

SAYAKA IKOMA A ÉTÉ TUÉE...
...
PAR YUDAI AKITA, LE PROF RESPON-SABLE DU CLUB DE NATATION.

TU VISUALISES QUELQUE CHOSE AUTOUR DES GENS AYANT TUÉ QUELQU'UN ?
OUI, UNE ESPÈCE DE FUMÉE LES ENGLOBE.
ELLE EST VIOLETTE POUR CEUX QUI ONT TUÉ DANS L'EXERCICE DE LEURS FONCTIONS, COMME LES SOLDATS OU VOTRE COLLÈGUE...
ET TOUTE NOIRE QUAND IL S'AGIT...
D'UN SIMPLE MEURTRIER.
JE ME DEMANDE CE QUI PEUT PROVOQUER ÇA... DES AXIONS ?
HMMM
ブツ
ブツ
HMMM
DES PARTICULES SUPERPARTE-NAIRES ? ON TOMBE DANS LA CHROMO-DYNAMIQUE QUANTIQUE.
HAAA
VOUS AVALEZ ÇA, VOUS ?!
À QUI VOUS PARLEZ ?
GRRR !
BREF, VOUS ME CROYEZ QUAND JE DIS QUE LE PROF EST UN ASSASSIN ?

C'EST POSSIBLE, MAIS TOUT DÉPEND DU MODUS OPERANDI.
DU QUOI ? UTILISEZ UNE LANGUE QUE JE COMPRENDS, MERCI.
VOUS VOUS LA RACONTEZ, AVEC VOS TERMES.
GRRR
QUE...
ÇA VEUT DIRE QU'IL FAUT ENQUÊTER !
DAM
C'EST QUI QUI VA LE FAIRE ?
« C'EST QUI QUI » ?!
TU T'ENTENDS QUAND TU PARLES ?
AH LÀ LÀ ! LES JEUNES D'AUJOURD'HUI NE SAVENT PLUS PARLER...
MISÈRE !
ATTENDEZ, VOUS AVEZ QUEL ÂGE ?
VINGT ANS, POURQUOI ?

Note de l’auteur : dans certaines régions du monde, MIT se prononce « mite ».

パシャ PLASH
AU… AU SECOURS ! JE SAIS PAS NAGER !
HEIN ?!
パシャ PLASH
よいっ HOP
ひぃ～ HUF
ひぃ～ HUF
TU DEVAIS AVOIR PIED.
へへへっ HÉ HÉ
T'ES PLUTÔT MARRANT, EN FAIT.
ひー HUF
ひー HUF

TIENS.
LAVE-LE, AVANT DE ME LE RENDRE.
ÇA MARCHE...
HAAAA はあ…
IKOMA ÉTAIT MA VOISINE DE CLASSE.
!

ON N'ÉTAIT PAS VRAIMENT AMIS, MAIS ELLE ME PRÊTAIT SES NOTES.
C'ÉTAIT LA SEULE ÉLÈVE QUI ACCEPTAIT DE ME PARLER.
ELLE AVAIT TOUJOURS L'AIR ENJOUÉE, MAIS...
IL Y A TROIS MOIS, ELLE S'EST REFERMÉE SUR ELLE-MÊME.
ELLE SEMBLAIT DE PLUS EN PLUS ANGOISSÉE CES DERNIERS TEMPS, JUSTE AVANT...
QU'AKITA NE LA TUE.
À MON AVIS, ILS ONT DÛ SE DISPUTER.
J'AI ENTENDU DIRE QU'AKITA AVAIT DÉJÀ FAIT DES AVANCES À DES ÉLÈVES...

SA FIANCÉE QUI HABITE DANS UN IMMEUBLE LUXUEUX EST LA FILLE DE CÉLÈBRES ENTREPRENEURS.
BREF, NOTRE CHER AKITA A OPTÉ POUR LE MARIAGE INTÉRESSÉ.
!
S'IL A TOUCHÉ À IKOMA, IL POURRA ÊTRE POURSUIVI POUR AGRESSION SEXUELLE SUR MINEUR.
ADIEU LE MARIAGE.
IL AURAIT OSÉ FAIRE ÇA ?
CONCEVONS L'INCONCEVABLE.
EUH, QUOI ?
C'EST POSSIBLE, SI TU PRÉFÈRES.
FALLAIT DIRE ÇA, ALORS.
RAH !
LE SOUCI, C'EST QU'IL A UN ALIBI EN BÉTON ARMÉ. POUR LE MOMENT...
CETTE AFFAIRE EST UN SIMPLE ACCIDENT.

DANS CE CAS...
DÉTRUIS SON ALIBI.
FACILE À DIRE... LES CAMÉRAS DE L'IMMEUBLE ONT MONTRÉ QU'IL Y EST RESTÉ...
DE MINUIT JUSQU'À 7 H DU MATIN.
ON MANQUE CRUELLEMENT D'ÉLÉMENTS POUR L'INCRIMINER.
...
スッ
FWIT

ET JE TE RAPPELLE QU'IKOMA EST DÉCÉDÉE ENTRE 5 H ET 6 H DU MATIN.
IL N'A PAS PU LA TUER, TU COMPRENDS ?
À QUOI TU JOUES ?!

JE TENDS L'OREILLE...
IKOMA... PARLE-MOI.
TU AS RESSENTI QUELQUE CHOSE AVANT TA MORT ?

AFIN DE CAPTER LA VOIX D'IKOMA.
MA PEAU EST FROIDE...

JE L'AI ENTENDUE.
HEIN ?
ELLE M'A DIT...
QU'ELLE A EU FROID AVANT DE MOURIR.
ON VIRE DANS LE PARANORMAL...
AH, MON PORTABLE A SURVÉCU !
TU NE ME CROIS PAS, HEIN ?
JE N'AI PAS DIT ÇA.
?

HÉ
はー
HÉ
はっ
JE ME SUIS PENCHÉ SUR LE CAS D'AKITA, COMME TU LE SOUHAITAIS.
J'AI FAIT QUELQUES RECHERCHES À SON SUJET.
ÇA SIGNIFIE… QUE TU NE DOUTES PLUS DE MOI ?
BINGO !
« QUAND ON FAIT LE CHOIX D'ÉCOUTER UNE HISTOIRE FARFELUE…
ON SE DOIT D'Y CROIRE NE SERAIT-CE QU'UN INSTANT. »
ON M'A APPRIS ÇA QUAND J'ÉTAIS GAMIN.

TOUT POLICIER DIGNE DE CE NOM DOIT SUIVRE CETTE PHILOSOPHIE.
J'AI TROUVÉ UN ÉLÉMENT QUI COLLE À CETTE FAMEUSE SENSATION DE FROID.
REGARDE.
...

ああ
GLAÇONS AKITA
QUALITÉ REMARQUABLE
TÉLÉCHARGEZ LE CATALOGUE →
INFORMATIONS
SA FAMILLE FABRIQUE DES GLAÇONS.
HEIN ? JE RECONNAIS QUE ÇA DONNE FROID, MAIS…
ニヤリ
HÉ, HÉ
RÉFLÉCHIS UN PEU !
SON ALIBI REPOSE JUSTEMENT SUR EUX !
?

Le lendemain matin.
GRAT がし
GRAT がし
TSSS...
IL A VU L'HEURE ?
Salle de rendez-vous
ガチャ CLAC
BONJOUR, JE SUIS AKITA !

AH !
BONJOUR À VOUS !
OFFICIER AMAKUSA, PREMIÈRE DIVISION D'ENQUÊTE DE LA POLICE DE TOKYO.
DÉSOLÉ DE VOUS AVOIR CONVOQUÉ SI TÔT.
CE N'EST RIEN, J'HABITE À CÔTÉ !
DE TOUTE MANIÈRE, JE DEVAIS VENIR M'OCCUPER DU CLUB DE NATATION EN PRÉVISION DU CHAMPIONNAT.
JE VOIS ! DANS CE CAS, EN ROUTE.
OÙ ALLONS-NOUS ?
À LA PISCINE !

TIENS ?
PISCINE
Entrée sur autorisation uniquement
TU ES ÉLÈVE EN 2-B...
MON NOM EST SHIKI.
QU'EST-CE QUE TU FAIS ICI ?
C'EST MOI QUI L'AI APPELÉ.
VOUS POUVEZ M'EXPLIQUER ?
... EH BIEN...
IL SAIT QUE VOUS AVEZ TUÉ IKOMA.
QUOI ?!

C'EST UNE MAUVAISE BLAGUE ?!
PAS DU TOUT.
JE DISTINGUE PARFAITEMENT...
UNE FUMÉE NOIRE AUTOUR DE VOUS.
FWIP
...
HÉ, HÉ
MON CHER YUDAI AKITA...

VOUS ÊTES UN MEURTRIER, IMPOSSIBLE DE LE NIER !
DAAAM
!
MAIS...

C'EST DU GRAND N'IMPORTE QUOI !
J'AI CRU COMPRENDRE QU'ELLE S'ÉTAIT NOYÉE ENTRE 5 H ET 6 H DU MATIN.
J'AI DONC UN ALIBI.
LE POLICIER QUI A RECUEILLI MON TÉMOIGNAGE NE VOUS A RIEN DIT ?
AH LÀ LÀ...
PROFESSEUR...
VOTRE ALIBI...
JE L'AI RÉDUIT EN MIETTES !

...
LA NUIT PRÉCÉDANT SA MORT, VOUS AVEZ FAIT VENIR IKOMA.
VOUS ENTRETENIEZ TOUS LES DEUX UNE RELATION TENUE TOP SECRET.
VOUS L'AVEZ ENDORMIE, PUIS CONDUITE ICI...
PISCINE Entrée sur autorisation uniquement
À LA PISCINE DE L'ÉTABLISSEMENT.

VOUS L'AVEZ ENSUITE MISE EN MAILLOT...
ET DÉPOSÉE COMME CECI, AU BORD DU BASSIN.
!

ELLE ÉTAIT INSTALLÉE SUR UN BLOC DE GLACE...
ピチャ PLIC
ピチャ PLIC
PROVENANT DE L'ENTREPRISE DE VOTRE FAMILLE...
C'EST QUOI, ÇA ?
UN MANNEQUIN POUR CRASH TEST.
ON LES UTILISE POUR SIMULER DES COLLISIONS AVEC DES VOITURES.
ILS PÈSENT À PEU PRÈS LE MÊME POIDS QUE LES HUMAINS.
MERCI AU SERVICE DE PRÉVENTION ROUTIÈRE.
POUR TOUT VOUS DIRE, CE MANNEQUIN EST ALLONGÉ ICI DEPUIS MINUIT.
...

23:27
À MON AVIS, VOUS ÊTES VENU VERS 23 H 30...
POUR DÉPOSER IKOMA AU MÊME ENDROIT...
AVANT DE VOUS RENDRE CHEZ VOTRE FIANCÉE.
SON APPARTEMENT N'EST QU'À UNE QUINZAINE DE MINUTES EN VOITURE.
LA GLACE A LENTEMENT FONDU TOUTE LA NUIT...
ET C'EST VERS 5 H 30 OU 5 H 40 QU'ELLE A CÉDÉ SOUS LE POIDS D'IKOMA...
パキッ
CRAC

SPLASH
POUR LA FAIRE CHUTER DANS L'EAU.
BLOUP
TOUJOURS SOUS L'EMPRISE DE PUISSANTS SOMNIFÈRES...
IKOMA S'EST NOYÉE AVANT MÊME DE SE RÉVEILLER.

FWIT
J'AI VÉRIFIÉ LES COMPTES DE L'ENTREPRISE DE VOS PARENTS.
...
ILS ONT BIEN REÇU UNE COMMANDE POUR UN BLOC D'UN MÈTRE DE LONGUEUR ET DE CINQUANTE CENTIMÈTRES D'ÉPAISSEUR.
JE SAIS ÉGALEMENT QUE VOUS VOUS ÊTES CHARGÉ PERSON-NELLEMENT DE LA LIVRAISON.
OÙ EST LE BLOC EN QUESTION ?
...
J'AI COMMANDÉ LE MÊME POUR MA DÉMONSTRATION.
IL AURA FALLU 6 HEURES ET 15 MINUTES POUR QU'IL SE BRISE.
ÇA COR-RESPOND À L'HEURE ESTIMÉE DU DÉCÈS !

VOUS AVEZ QUELQUE CHOSE À ME DIRE ?
JE N'AI RIEN FAIT.
!
HEIN ?!
はHA
JE VOUS DIS QUE CE N'EST PAS MOI.
VOUS PENSEZ QUE LA GLACE EST UNE PREUVE ?
HA は
HA は
J'AVOUE QUE J'AI PASSÉ CETTE COMMANDE, MAIS ELLE ÉTAIT BIDON.

L'ENTREPRISE VA MAL, ET ÇA IMPACTE LA SANTÉ DE MON PÈRE.
DU COUP, JE PASSE COMMANDE DE TEMPS EN TEMPS POUR RENFLOUER LES CAISSES.
C'EST POUR SON BIEN, VOUS COMPRENEZ ?
VOUS PENSEZ QUE JE VAIS GOBER ÇA ?
OÙ SONT VOS PREUVES, OFFICIER ?
PROUVEZ-MOI QUE J'AI FAIT TOUT ÇA.
PROUVEZ-MOI QUE J'AI TUÉ IKOMA.
ALLEZ !
PROUVEZ-LE !
J'ATTENDS !
HUMPF
ENFOIRÉ !
FWIP

?
REGARDEZ-MOI DANS LES YEUX.
HEIN ?
TCHAK
JE PERÇOIS VOTRE CULPABILITÉ.
LES MEURTRIERS SONT CONDAMNÉS À VIVRE...
AVEC CETTE FUMÉE NOIRE !

ARRÊTE TES BÊTISES !
CETTE FUMÉE SE RÉPAND AUTOUR DE VOUS...
STOP ! LÂCHE-MOI !
VOTRE VICTIME VOUS ATTEND PEUT-ÊTRE...
AU FOND DU BASSIN, NON ?
!

SWIP
HAP
ST
QUOI ?!
ALLEZ, REGARDEZ CETTE PISCINE !
C'EST LÀ...
QU'IKOMA S'EST NOYÉE !
BORDEL, LAISSE-MOI TRANQUILLE !

REGARDEZ BIEN !
SHHHH
!
PROFESSEUR...

AAAAH

RAAAAAAH!!!
HAAA
PARDON, MAIS C'EST DE TA FAUTE !
TU VOULAIS TOUT BALANCER AU PRINCIPAL ! IL FALLAIT M'ÉCOUTER !
...
TU AS FAIT QUOI ? SON FANTÔME EST VRAIMENT DANS LA PISCINE ?
BIEN SÛR QUE NON...
LA CULPABILITÉ DES MEUR-TRIERS PEUT MUTER EN UNE PEUR INTENSE...
LEUR PROVOQUANT DES HALLUCINATIONS.

COMMENT TU ARRIVES À DÉMASQUER LES CRIMINELS...
ET À ENTENDRE LA VOIX DES VICTIMES ?
C'EST DANS MON SANG, JE SUPPOSE...
SON SANG ?
MERCI...

Cafe GIFT.
OPEN
Menu
GLOUPS
ALLEZ, MANGE !
TA
C'EST LA POLICE QUI OFFRE ! TU NOUS AS AIDÉS DANS L'ENQUÊTE.
DAM
ENTRE NOUS… J'AIME PAS TROP LE SUCRÉ.
L'ODEUR ME DÉGOÛTE…
QUOI ?! TA VIE DOIT ÊTRE SUPER TRISTE !
SI TU LE DIS… MANGE MA PART.
JE PEUX ?!
J'EMPORTERAI CE QU'IL RESTE.
MIAM, QUEL DÉLICE !
COMME TU VEUX.

AU FAIT, AKITA A TOUT AVOUÉ.
...
JE VOIS...
IKOMA AVAIT DÉCOUVERT...
QU'IL FILMAIT LES VESTIAIRES DU CLUB.
JE SUIS LA SEULE À ÊTRE AU COURANT, POUR L'INSTANT.
EFFACEZ LES VIDÉOS TOUT DE SUITE...
ET ABANDONNEZ VOTRE POSTE.
SINON, JE...
HA は HA は
POUR QUI TU TE PRENDS, MA PETITE ?
TCHAK
TU ES LA VEDETTE DE PLEIN DE VIDÉOS ET DE PHOTOS.
!
REGARDE DONC !

...
IL SUFFIT QUE JE METTE ÇA SUR LE NET POUR RUINER TA VIE.
CE SERAIT TROP BÊTE, TU ES SEU-LEMENT EN TERMINALE.
MAIS VOUS AUSSI, VOUS SEREZ ÉCLA-BOUSSÉ !
JE M'EN TAPE, MON EXISTENCE EST MERDIQUE.
ALLEZ, FAISONS UN PACTE...
ET FOUTONS NOS VIES EN L'AIR ENSEMBLE !
DAM
AAAAH !
STAP

IKOMA N'AYANT PAS RÉUSSI À LE FAIRE CHANGER D'AVIS...
ELLE LUI A DIT QU'ELLE ALLAIT RÉVÉLER SES CRIMES AU PRINCIPAL.
ELLE SAVAIT TRÈS BIEN QUE SES PHOTOS INTIMES RISQUAIENT D'ATTERRIR SUR LE NET...
MAIS ELLE REFUSAIT DE LE LAISSER CONTINUER.
C'EST TOUT ELLE...
AKITA, LUI, ÉTAIT PRÊT À AGIR, VOILÀ POURQUOI IL L'A APPELÉE LE SOIR...
C'EST BON, N'EN DIS PAS PLUS...
D'ACCORD...
CE QUE JE PEUX T'ASSURER, C'EST QU'ILS N'ONT JAMAIS EU DE RAPPORTS SEXUELS.
CROIS-MOI.
TANT MIEUX...

J'AIMERAIS EN SAVOIR PLUS SUR TON ESPÈCE DE POUVOIR.
TU NE T'EN SERS JAMAIS POUR LIRE DANS LES PENSÉES DES GENS SANS LEUR AUTORISA-TION, HEIN ?
MIOM
MIOM
QUOI ?! ÇA VA PAS LA TÊTE ?!
TU ME RASSURES !

COMME ON VA SANS DOUTE FORMER UN DUO…
JE VOULAIS JUSTE VÉRIFIER ÇA…
PARDON ?
J'AI LOUPÉ UN ÉPISODE ?
HÉ HÉ
…

GIFTED

#03
TROIS FRÈRES ET UN CADAVRE - PREMIÈRE PARTIE

UN DUO ?
COMMENT ÇA ?
COMME LES DUOS DE POLICIERS OU DE DÉTECTIVES DANS LES FILMS ET SÉRIES !
PARFOIS, C'EST UN POLICIER AVEC UN CRIMINEL...
JE SUIS PAS SÛR DE SUIVRE...
JE TE PROPOSE DE JOINDRE NOS FORCES...
POUR MENER DES ENQUÊTES !

WHERE? WHEN? WHAT? WHY? WHO?
...
MALGRÉ TES CAPACITÉS EXTRAORDINAIRES...
TU RESTES UN BANAL LYCÉEN, ELLES NE TE SERVENT À RIEN.
C'EST DU GÂCHIS.
MAIS SI TU ACCEPTES D'ÉPAULER LE PLUS JEUNE MEMBRE DE LA PREMIÈRE DIVISION D'ENQUÊTE, CE GÉNIE SORTI DIPLÔMÉ DU MIT À 17 ANS ET PLEIN AUX AS...
BLAH
BLAH
TU POURRAS UTILISER TES ÉTRANGES TALENTS POUR RÉSOUDRE UN TAS D'AFFAIRES ET COMBATTRE LE MAL QUI GANGRÈNE CE MONDE !
FWIT
BLAH
PAS VRAI ?
HÉ OH !
ÉCOUTE JUSQU'AU BOUT ! MALPOLI, VA !
DAM !!

VLAM
ドッチャア
AÏE !
RAH ! MON VESTON EST RUINÉ !
HÉ !
REVIENS ICI !
STAP
スタ
スタ
STAP
MON... MONSIEUR ! VOUS N'AVEZ PAS PAYÉ L'ADDITION !
LA FERME, JE SUIS POLICIER !
ÇA ATTENDRA, PIGÉ ?!
GRRR
ムッ

GYAH
VOUS PENSIEZ FILER EN DOUCE ?!
RAH
CETTE GROSSE COMMANDE ÉTAIT ÉTRANGE, ON VOUS AVAIT À L'ŒIL !
VOUS FAITES ERREUR ! LÂCHEZ-MOI !
RAAAH
APPELEZ LA POLICE !
GRAAH
MAIS JE SUIS POLICIER !
HÉ, SHIKI !
JE COMPTE PAS ABANDONNER CETTE IDÉE !

DU CALME !
ON DIRAIT PAS COMME ÇA…
MAIS JE SUIS TÊTU !
TU M'APPRENDS RIEN.
…
Police de Tokyo Première division d'enquête

HI HI
クス
LES SERVEURS T'ONT TRAÎNÉ COMME UN MALPROPRE ?
クス
HI HI
CE N'EST PAS DRÔLE ! J'AI LUTTÉ POUR DIRE À SHIKI CE QUE JE SOUHAITAIS !
FIGUREZ-VOUS QUE JE SUIS TÊTU, MOI !
JE LE SAIS, MERCI.
COMMENT ?!
SI JE RÉSUME, CE LYCÉEN DONT TU PARLES…
IDENTIFIE LES MEURTRIERS GRÂCE À UNE FUMÉE NOIRE LES ENTOURANT.
ÇA ME SEMBLE TIRÉ PAR LES CHEVEUX.
MOI AUSSI, J'ÉTAIS PERPLEXE, AU DÉBUT.
MAIS JE VOUS ASSURE QU'IL A SU QUI ÉTAIENT CEUX DERRIÈRE CES DEUX DERNIERS MEURTRES…
D'UN SIMPLE REGARD.

TU PENSES QU'IL POURRAIT NOUS AIDER DANS DE FUTURES ENQUÊTES ?
OUI !
BON, ON PEUT TOUJOURS ESSAYER.
À TOI DE LE CONVAINCRE.
COMPTEZ SUR MOI.
JE VEUX EN SAVOIR PLUS SUR SES POUVOIRS !
TU Y PARVIENDRAS PEUT-ÊTRE, TÊTU COMME TU ES !
!
DI... DITES-MOI...
COMMENT VOUS SAVEZ QUE JE SUIS AUSSI TÊTU ?
ÇA SAUTE AUX YEUX, NON ?
FWISH
ARGH
?!
FWISH
FWISH

JE LE VOIS.
FW
IT

QUELQUE CHOSE FLOTTE AUTOUR D'ELLE.
GWOH
どよ、
VIENS ICI, YUYA !
CE GARÇON EST EF-FRAYANT.
C'EST L'ENFANT DU DÉMON.
UN MOT DE PLUS, ET JE TE TUE !
MAIS... JE N'Y PEUX RIEN...

JE PERÇOIS UNE SORTE DE FUMÉE NOIRE.
YUYA, ARRÊTE !
HA

* Déménageurs

TAKI...
TIENS, TE VOILÀ !
Gouvernante de la famille Shiki TAKI
TU AS BIEN DORMI ?
CLAC
C'EST QUOI, CE BRUIT ?
SHIKI !
SALUT !
!

A... AMAKUSA...
LA FORME ? J'EMMÉNAGE ICI !
TU AS DEVANT TOI TON NOUVEAU COLOCATAIRE !
...
JE VAIS DIRE AUX DÉMÉNAGEURS D'AMENER MES AFFAIRES DANS MA CHAMBRE...
TCHAK
HÉ !
BAH QUOI ?
UNE SECONDE !
UN SOUCI ?

FWAP
がくん
JE PEUX SA-VOIR POURQUOI TU DÉBARQUES ICI ?!
がくん
FWAP
JE T'AI PAS PERMIS DE POSER TES VALISES CHEZ MOI !
ズズ
STAP
STAP
DÉGAGE ! ALLEZ !
ET NE REVIENS PAS !
MAIS...
YUYA, TU TE MÉPRENDS...
QUOI ?
CET HOMME A LOUÉ UNE DES CHAMBRES DE NOTRE DEMEURE.
HEIN ? COMMENT ÇA ?

C'EST À CAUSE DE VOS DETTES, MON PETIT.
NOS DETTES…
コク OUI
コク OUI
APRÈS LA MORT DE TON PÈRE, IL Y A DIX ANS ET CELLE DE TA MÈRE, IL Y A CINQ ANS…
TOUS LES DISCIPLES DE L'ÉCOLE SHIKI ONT QUITTÉ LE DOJO.
LE PEU D'ARGENT QU'IL RESTAIT NOUS A PERMIS DE TENIR JUSQU'ICI, MAIS…
さめざめ
SNIF SNIF
LA SITUATION EST MAINTENANT CRITIQUE.
TAKI…

TCHAK
ガチっ
J'ÉTAIS SUR LE POINT DE METTRE EN VENTE LA DEMEURE ET LE DOJO...
QUAND AMAKUSA S'EST PRÉSENTÉ DEVANT MOI.
IL VOULAIT À TOUT PRIX LOUER UNE CHAMBRE ICI.
ÉCOLE SHIKIGAMI
TU T'ES RENSEIGNÉ SUR NOTRE SITUATION ?
C'EST UNE VIOLATION DE NOTRE VIE PRIVÉE, ÇA !
ALLONS ! AU MOINS, VOUS N'AVEZ PLUS À VENDRE !
ぽんっ
POF
J'AI JETÉ UN ŒIL À VOS INVESTISSE-MENTS, VOS COMPTES EN BANQUE ET VOS DETTES.
TOUT CE QUI TOUCHE À L'ARGENT, QUOI.
ふふふ
HÉ HÉ

*NDT : environ 6300 euros.

TANT QUE ÇA ?!
FWIT
À TOI DE VOIR...
SI TU PRÉFÈRES VENDRE CETTE DEMEURE OU ME LOUER UNE CHAMBRE.
FLAP
FLAP
QUEL EST TON CHOIX ?
D'OÙ TU SORS TOUT CET ARGENT, D'ABORD ?
JE T'AI DÉJÀ DIT QUE J'AVAIS VENDU MA START-UP À PEINE SORTI DU MIT !
ÇA RAPPORTE TANT QUE ÇA, LES MITAINES ?
!
OUBLIE ÇA !

MIT EST L'ACRONYME DE « MASSACHUSETTS INSTITUTE OF TECHNOLOGY » !
C'EST UNE PRESTIGIEUSE UNIVERSITÉ AMÉRICAINE, MONDIALEMENT RECONNUE POUR SON ENSEIGNEMENT SCIENTIFIQUE ET TECHNOLOGIQUE...
???
ENFIN BREF...
À PARTIR D'AUJOURD'HUI, NOUS ALLONS VIVRE SOUS LE MÊME TOIT !
NOTRE DUO DE CHOC VA RÉSOUDRE N'IMPORTE QUELLE AFFAIRE DE MEURTRE !
NON MERCI !
COMMENT ?!
MAIS... SOIS SYMPA !
TU PEUX VIVRE ICI...
CLING
MAIS JE REFUSE DE M'ALLIER À TOI.

PROMETS-MOI DE NE PLUS ME PARLER, D'ACCORD ?...
MAIS...
STAP
STAP
JE SUIS SÛR QUE TU FINIRAS PAR CHANGER D'AVIS.
ÇA M'ÉTONNERAIT.
...
VLAM
AVANT, IL N'ÉTAIT PAS RENFERMÉ DE LA SORTE...
LA MORT DE SA MÈRE L'A CHANGÉ...
VOUS PENSEZ ?
OUI...

PAS UNE NUIT NE SE PASSE SANS QU'IL NE S'AGITE...
LE PAUVRE...
C'EST AUSSI POUR ÇA QUE JE SUIS HEUREUSE DE VOIR...
UN DRÔLE D'HURLUBERLU COMME VOUS EMMÉNAGER CHEZ NOUS.
EN EFFET...
ATTENDEZ... C'EST COMME ÇA QUE VOUS ME VOYEZ ?!
SWISH
SWISH
J'AI L'AIR SI BIZARRE ?!
SWISH
OH QUE OUI !
...
ON PEUT AMENER LES CARTONS ?

…
QU'IL ARRÊTE AVEC SES HISTOIRES D'ENQUÊTE…
LES MEURTRES, J'EN AI MA CLAQUE…
DOM
バタ
DOM
バタ

SCL
HÉ, VIENS VOIR DEUX SECONDES !
AC
HEIN ?!
JE T'AI POURTANT DEMANDÉ DE ME LAISSER TRANQUILLE...
FAIS PAS LA TÊTE !
TU VAS HALLUCINER, CROIS-MOI !
TADAM
...
ÇA EN JETTE, HEIN ?

LE BUREAU DE MON PÈRE AVAIT UN STYLE TRADITIONNEL...
C'EST TAPE-À-L'ŒIL.
J'AI FAIT VENIR CE LIT DE FRANCE !
BOING ぽよん
BOING ぽよん
IL APPARTENAIT À UN NOBLE !
ET CE TAPIS PERSAN VAUT DES DIZAINES DE MILLIONS !
すり
FROT すり
FROT すり
IL EST FORMIDABLE !
?
TU POURRAIS ME COMPLIMENTER.
ALORS ?
JE M'EN FICHE, FAIS CE QUE TU VEUX...

MIOM
ぱく
MIOM
ぱく
...
C'est ainsi que débuta...
ON DIRAIT QU'ILS NE S'ENTENDENT PAS BIEN DU TOUT...
leur singulière vie en colocation.

VOTRE CUISINE EST GÉNIALE !
J'EN RE-PRENDS !
JE VOUS REMERCIE.
Mais maintenant que j'y réfléchis…
c'est peut-être le destin qui les a poussés…
à se rencontrer ainsi.
La mère de Yuya…
est décédée il y a cinq ans…

Et ce drame sans nom…
MA-DAME !!!
était voué à refaire surface.

TAC
カラ
DIS DONC ! T'ES PAS SEUL À TABLE !
VLAM
バ
HEIN ?
TU N'AS QU'À MANGER PLUS VITE, NON ?
PARDON ?!
TIENS, JE T'OFFRE MA PART.
RAAAH
GRRRR
AH LÀ LÀ, TOUJOURS EN TRAIN DE RÂLER...
HI HI
T'AS CROQUÉ DEDANS !
GRAH
TU TE FOUS DE MOI ?!

STOP...
LAISSE-MOI !

SHRAAAA
ドッ
SHTAK
ガラガラガラ
BROOOOH

* NDT : environ 95 euros.

PAS MAL DU TOUT, HEIN ?
HÉ HÉ
すすす
SWISH SWISH
ÇA DÉPEND DE CE QUE JE DOIS FAIRE.
C'EST FACILE !
UNE FOIS LE DÉJEUNER FINI, ENFILE TON UNIFORME...
ET VIENS AVEC MOI.
MON UNI-FORME ?
POUR QUOI FAIRE ?
JE T'EMMÈNE DANS UN MANOIR, ON EN A POUR UNE DEMI-HEURE DE VOITURE.
J'AI BESOIN QUE TU M'AC-COMPAGNES POUR ASSISTER À DES FUNÉRAILLES.

HM...
UN MEURTRE EN LIEN AVEC UNE QUESTION D'HÉRITAGE, C'EST UN GRAND CLASSIQUE.
JE SUIS D'ACCORD.
MAIS MES SUPÉRIEURS TABLENT PLUTÔT...
SUR UN AUTRE MOTIF : LE MEURTRIER HAÏSSAIT LA VICTIME.
C'ÉTAIT UNE PERSONNE DÉTESTABLE ?
C'EST LE MOINS QU'ON PUISSE DIRE, ELLE AVAIT UN TAS D'ENNEMIS.

LA VICTIME EN QUESTION ÉTAIT UN HOMME AYANT FAIT FORTUNE DANS L'IMMOBILIER ET LA FINANCE.
IL AVAIT POUR HABITUDE DE FAIRE CHANTER LES AUTRES, D'OÙ SA TRÈS MAUVAISE RÉPUTATION.
IL N'A EU QUE CE QU'IL MÉRITAIT, ALORS. ON S'EN MOQUE…
NON, LA POLICE DOIT REMPLIR SON DEVOIR !
LE MEURTRIER SERAIT UN MEMBRE DE SA FAMILLE ?
C'EST CERTAIN.
ET JE TE RAPPELLE…
QUE MOI AUSSI, JE PENSE QUE C'EST LIÉ À L'HÉRITAGE.

GOZO INAGAKI, L'HOMME ASSASSINÉ…
S'ÉTAIT MIS AVEC UNE JEU-NETTE ALORS QU'IL AVAIT DÉJÀ 77 ANS.
IL COMPTAIT L'ÉPOUSER CETTE ANNÉE…
ET LUI LÉGUER TOUT CE QU'IL POSSÉDAIT.
Testament
SON TESTAMENT NE MENTIONNAIT QU'ELLE.
À MON AVIS, ÇA N'A PAS DÛ PLAIRE AUX VÉRITABLES HÉRITIERS…
ET ÇA A PU ÉVEILLER QUELQUES PULSIONS MEURTRIÈRES.

JE VOIS OÙ TU VEUX EN VENIR… QUI DEVAIT HÉRITER DE SES BIENS, À LA BASE ?
SES TROIS FILS.
L'AÎNÉ S'APPELLE KAZUKI, UN MUSICIEN DE 26 ANS.
VIENNENT ENSUITE SHUJI, 24 ANS, CHERCHEUR À L'UNIVERSITÉ…
ET TAKUMI, 20 ANS, EN DEUXIÈME ANNÉE DE FAC.

A
BREF, NOUS AVONS TROIS SUSPECTS.
SI TU SAIS TOUT ÇA, POURQUOI FAIRE APPEL À MOI ?
S
HA HA
TU NE VOIS PAS OÙ JE VEUX EN VENIR ?
TOUTE LA FAMILLE SERA PRÉSENTE AUX FUNÉRAILLES...
ET TU VEUX QUE JE TROUVE LE COUPABLE, J'AI BON ?
HONNÊTEMENT, JE PENSE QUE TU PEUX TE DÉBROUILLER SEUL, TU AS DÉJÀ TROIS SUSPECTS POTENTIELS.
MALHEUREUSEMENT, NON...
AH ?
ILS ONT TOUS UN ALIBI PARFAIT.

ENCORE UNE HISTOIRE D'ALIBI...
HAAA はぁ
EH OUI !
J'AI DONC BESOIN DE SAVOIR QUI EST LE MEURTRIER POUR ALLER PLUS LOIN !
UNE FOIS IDENTIFIÉ, JE POURRAI ME PENCHER EN DÉTAIL SUR SON ALIBI...
SKRI キュッ
OH, ON Y EST !
CLAC バタン
...
御霊燈

FAISONS VITE.
JE NE VEUX PAS M'ÉTERNISER ICI.
Funérailles
御霊
御霊
ZIEUTE
キョロ

CE SONT SES FILS ?
ALORS ? LE COUPABLE SE CACHE-T-IL PARMI EUX ?
...

JE VAIS TE DIRE CE QUE MES YEUX ONT VU...
JE T'ÉCOUTE.
UN DES TROIS FRÈRES L'A ASSASSINÉ.
JE M'EN DOUTAIS !
PST
PAR CONTRE...

HEIN ?
COMMENT C'EST POSSIBLE ?
C'EST À TOI DE PERCER CE MYSTÈRE, NON ?
OFFICIER AMAKUSA...
...

GIFTED

★ POSTFACE ★
MERCI D'AVOIR LU CE PREMIER TOME DE GIFTED !
BONJOUR À TOUS ! ICI AMAMIYA, LA DESSINA-TRICE DE CE MANGA.
MON TRAVAIL SUR GIFTED COMMENCE AVEC UNE AUDITION AYANT POUR BUT DE TROUVER UN DESSINATEUR.
UN PROJET FANTASTIQUE ! AUDITION DE DESSINATEURS DE MANGA SUPERVISÉE PAR SHIN KIBAYASHI !
CRÉONS UN MANGA D'ENQUÊTE !
DEADLINE
J'AI IMMÉ-DIATEMENT POSTULÉ ET ENVOYÉ MES DESSINS.
SES LUNETTES VIENNENT DU MASSACHUSETTS
before
LES PERSONNAGES QUE J'AI DESSINÉS À L'ÉPOQUE SONT UN PEU DIFFÉRENTS DE LEURS VERSIONS FINALES.
C'EST MIEUX !
UNE NUQUE DÉGAGÉE
after
NATSUKI AMAKUSA EST PASSÉ CHEZ LE COIFFEUR AVANT LE DÉBUT DE LA SÉRIE.

POUR CE QUI EST DE YUYA SHIKI, ON LUI A DIT DE FAIRE DES EFFORTS AU NIVEAU DE SA TENUE.
after
IL A MIS UNE CRAVATE
SA CHEMISE CACHE SON T-SHIRT, ET IL N'A PLUS DE COLLIER
before
ADIEU LES BASKETS
J'ESPÈRE QUE VOUS CONTI-NUEREZ À LIRE GIFTED...
ET À SUIVRE LES AVENTURES DE NOTRE DUO.
C'EST L'HEURE DES REMERCIEMENTS ! JE REMERCIE SHIN KIBAYASHI (AUSSI CONNU SOUS LE NOM DE SEIMARU AMAGI), MON ÉDITEUR S, MES ASSISTANTS EIKICHI ET SOICHI KEISHI, TOUTES LES PERSONNES AYANT TRAVAILLÉ SUR GIFTED, ET BIEN SÛR TOUS LES LECTEURS !

LA GENÈSE DE *GIFTED*

Audition de dessinateurs de manga supervisée par Shin Kibayashi

Gifted a commencé par une audition ayant pour but de trouver un dessinateur pour mettre en images un scénario écrit par Shin Kibayashi, sous son pseudonyme Seimaru Amagi.

L'audition s'est déroulée en trois étapes : un envoi d'illustrations, une conception de story-boards, puis la réalisation de pages complètes. C'est finalement Rima Amamiya qui a remporté la victoire ! Voici les illustrations qui ont été retenues.

1 Illustration simple

2 Double-page

GIFTED

DANS LE PROCHAIN TOME...

Quel frère a commis ce meurtre ?!

Shiki a tout vu...

GIFTED 2

GIFTED

Les liens se resserrent.

Shiki souhaite connaître la vérité sur cette affaire...

GIFTED

PEFC
10-31-1316

GIFTED

Edition française :
Gifted, vol. 1

Traduction : Alexandre Fournier
Lettrage : Daphné Belt
Maquette de couverture : Daphné Belt
Correction : James Thammaxoth

ISBN : 9782379505393
Dépôt légal : Juin 2024 – D/2024/0089/257

Achevé d'imprimer en France en Mai 2024 par Dupliprint,
733 Rue Saint Léonard, 53100 Mayenne
Suivez-nous sur Facebook / Twitter / Instagram
Vega-Dupuis est un label de
Editions Dupuis S.A., rue Destrée 52, 6001 Marcinelle, Belgique